AF409098

* 9 7 8 9 7 7 6 8 6 7 3 9 0 *

الشمّاس

دار حروف منثورة للنشر والتوزيع

الطبعة الأولى

الكتاب: الشمّاس

المؤلف: محمد رضا كافي

تصنيف الكتاب: رواية.

تصميم الغلاف: فريق الدار.

تنسيق داخلي: فريق الدار.

مراجعة لغوية: يوسف ضياء

رقم الإيداع: 2021/11319م.

الترقيم الدولي:

مؤسس الدار

مروان محمد

مشرف عام السلاسل

صفاء حسين العجماوي

Website: https://horofbooks.com
Fan page: http://facebook.com/horofsbooks
Email: info@horofbooks.com

هاتف جوال: 00201113006296 — هاتف جوال: 00201064054995

كتب حروف منثورة للجيب

سلسلة سباي البوليسية

الشمّاس

العدد الثاني

محمد رضا كافي

تنويه

الشمّاس ليس له علاقة بالتسلسل الكهنوتي الشماس ولكنه مجرد
ستار يخفى قاتل متسلسل

جلس برداءه الكهنوتي على بُعد عدة أمتار من الدير، يتأمل نجوم السماء وكأنه يبحث بينها عن فُرجة لمَ ألم به من هم ثقيل، حتى إذا ما شعر بالتعب واليأس وضع رأسه بين كفيه وهو يتمتم وكأنه يتضرع إلى الله أن يغيثه. فاقترب منه زميل له و ربت على كتفه قائلاً " هوّن على نفسك الأمر يا صمويل، فلا فائدة من حمل هذا الهم " فالتفت إليه صمويل قائلاً " إنها خيانة .. كيف يكون الأمر هيناً ؟! " فقال صديقه " بل هو من ارتكب الخيانة .. لقد أراق دماً مقدساً ونقض عهده مع الرب، هو من نقض وليس أنت "

فقال صمويل " أنا كاهن الإعتراف الخاص به، لا يجوز لي إفشاء سر أسر به إليَّ و أنت تعلم ذلك "

فقال صديقه " هذا لو كان الأمر بيننا، ولكن الأمر بات في يد القانون، ونحن بدولة قانون، لا يجوز أن تتنصل من شهادتك إن دُعيت إليها" ثم ربت على كتفه قبل أن يغادره وهو يستطرد قائلاً " ليس هناك خيار آخر ".

مر الوقت قبل أن ينهي صمويل خلوته بنفسه ويتجه إلى قلّايته[1]، وما أن دلف إليها حتى وجد هناك من ينتظره في زي الشماس الإنجيلي المميز بلونه الأسود وياقته البيضاء وعلى رأسه قبعة فيدورا سوداء، جالسًا يتصفح إحدى نسخ الكتاب المقدس، ففزع منه قائلاً "من أنت ؟ وماذا تفعل و كيف دلفت إلى هنا ؟ "

فقال بهدوء وبصوت أقرب إلى الهمس ولم يرفع بصره عن الكتاب "أنا شماس وأعتني بالأمور كأي شماس مخلص لإخوانه... ويدخلني الرب حيث يشاء "

---

[1] قلَّاية الراهب : هى مسكن الراهب وتتكون عادة من حجرتين الخارجية للمعيشة مثل عمل اليد والأكل والضيافة , و الداخلية للعمل الروحي مثل الصلاة و التسبيح

فقال صمويل مستنكرًا وهو يقترب منه " أنا لا أعرف من أنت ويبدو من لكنتك أنك لست بمصري .. كما أنك لست من طائفتنا "
فأغلق الشماس الكتاب وقام بهدوء تجاه الباب وعلى شفتيه شبح ابتسامة وهو يقول " نعم لديك حق .. أنا لست أنتمي لطائفتكم .. ولكن العالم كله ينتمي لطائفتي .. يا أبت " .
ثم أغلق الباب عليهما.

******

في الطابق العلوي لإحدى البنايات الشاهقة بقلب العاصمة كان يقف رجل في منتصف العقد الخامس من عمره شارد الذهن مطلقاً بصره عبر الجدار الزجاجي لواجهة البناية ليرى أضواء العاصمة المتلألئة بشكل مبهر، قبل أن يصدر اهتزاز هاتفه بداخل جيبه معلنًا عن مكالمة منتظرة لم تتجاوز الثلاث كلمات " لقد تم الأمر ".
فارتسمت على شفتيه ابتسامة قبل أن ينهي المكالمة ويلتفت إلى رجل أكبر سناً يجلس إلى مكتب ضخم يتفحص بعض البيانات المالية على حاسوبه المحمول وقال له " لقد تم الأمر سيدي العميد .. قام الشماس بمهمته "
فقال العميد مضيفاً دون أن يرفع بصره " الأولى .. مهمته الأولى يا سالم " .
فمط سالم شفتيه قبل أن يقول " ألم يكن من الأفضل تولي سيد عدنان الأمر؟"
فرفع العميد بصره وقال " السيد عدنان في رحلة علاجية طويلة وهو أعلى من مستواك بدرجة كاملة للتذكير قبل أن تبدأ في التهكم عليه "
فقال سالم " معذرة سيدي العميد .. ولكنه كما تعلم أفسد نموذج (سوبر66) وكانت مهمة إيجاد المفتاح تخصه "

فقال العميد " لم أكن أحب هذا النموذج على أي حال .. نموذج للبطل الخارق الأبله .. لدينا نماذج أفضل كما أنها فرصة لتطوير نموذج (سوبر 66) "

ثم نهض عن مكتبه وتوجه إلى الواجهة الزجاجية وهو يستطرد "لقد مرت ستة أشهر على إغلاق ملف حسين نظمي وتأمين المفتاح رغم تواجد شخص مثل يوسف الراوي في الطريق ... أنت محظوظ بوجود الشماس في الملف الذي تتولاه "

فقال سالم في قلق " وماذا لو قام يوسف بالتحرك لإفساد مهامي؟"

قال العميد مبتسماً " سوف نرى بخصوص هذا الشأن حينئذ .. عليك أن تتأكد من إعدام الراهب .. لقد كاد أن يفسد علينا الأمر برمته باعترافاته الغبية "

فقال سالم " كان من الممكن أن نستخدم أحد أفراد صناعة الفتنة الطائفية تجنباً لكل هذه الأحداث "

فقال العميد مستنكراً للفكرة " أحداث الفتنة يجب تحدث في الشوارع .. هناك تصوير لهاتف ما هنا أو كاميرا مراقبة هناك .. كما أنها يفضل أن تعطي الإنطباع بأنها مرتجلة وليست مخططة .. أي أنها في سياق (شخص ما وجد كاهنا يسير أمامه فقتله) فتعطي إنطباعا بكراهية دفينة ومثل هذه الأمور التي تسبب اشتعال الفتن ... لكن ذلك الأنبا كان يقطن بالدير معظم وقته .. كان لابد أن نستخدم أحد رجالنا هناك لكي نغلق ملفه .. لقد بدأ في تتبع أمر الأيتام بسبب خطأ الراهب الغبي .. طفل واحد كشف أمره الأنبا فأصبحنا جميعًا على المحك .. وعملنا لا يحتمل الهفوات"

فقال سالم مستكملاً " إذن كان لابد من تحميل الراهب مسئولية تصحيح خطأه بقتل الأنبا ثم تقبل مصيره بالإعدام عن طريق تهديد سلامة عائلته .. لكننا لم نكن ندرك أنه كان له راهب الاعتراف

صمويل .. الذي نما إلى علمنا أنه سيتم طلبه للشهادة .. وكان هذا بمثابة تهديد آخر لنا "

فقال العميد "لم يكن أمامنا سوى خيار واحد .. وهو الشخص الذي يستطيع الولوج لهذه الأماكن ولديه من الاحترافية والمهارة لجعل التصفية الجسدية تبدو كحادث أو إنتحار .. الشماس .. أحتاج إلى كتيبة من هذا الرجل وليس من ذلك الإختراع المسمى (سوبر 66) .. لا شيء مثل المدرسة القديمة يا فتى .. لا شيء مثل المدرسة القديمة"

فقال سالم مندهشاً " ولكنك قلت أن (سوبر 66) كانت فكرة البارون" فعقد العميد حاجبيه في ضيق ثم مط شفتيه بابتسامة زائفة و قال "نعم نعم .. البارون .. البارون يريد مواكبة التطور واستخدام التقنيات السرية .. ولكننا لا نتخلى عن طرقنا القديمة أيضاً ".

قالها و في نفسه قلق قد هاجم سكينته لمجرد سماع كلمة (البارون)، الرجل المخيف الخفي الذي يقود كل شيء ولا أحد يجرؤ على مخالفة أوامره، ورغم التسلسل القيادي بالمنظمة إلا أن العميد قد تعلم أنك لا تأمن بسرد ما يدور بداخلك لأي شخص فربما يكون مكلفاً من البارون بمراقبتك .. ربما ستكون تصفيتك على يديه .

٢

في إحدى صالات الألعاب الرياضية، ورغم انتصاف الليل وخلوها من روادها إلا القليل، كان يوسف الراوي يمارس الملاكمة بتسديد الضربات لكيس الرمال المعلق بإحدى الزوايا في خفة وقوة، وقد بدأ ممارسة الملاكمة وبعد رياضات الدفاع عن النفس قبل بضعة أشهر، كوسيلة لرفع لياقته وخاصة بعد أحداث مقتل (حسين نظمي) التي انتهت بتعافي يوسف في إحدى المستشفيات لمَ ألم به من ضرر جسدي، فقرر بعدها العمل على تطوير ذاته و تحسين قدراته .

بعد أن انتهى كان في طريق الخروج إلى سيارته بينما كانت هناك سيارة على مقربة من الطريق ترصد تحركاته، وبينما يضع متعلقاته في حقيبة السيارة، اصطدم شاب به على عجلة من أمره وكان معظم وجهه مختفياً تحت قلنسوة وقد اعتذر وهو يبتعد مسرعاً. أصاب يوسف الدهشة وهو يتابع الشاب الذي يهرول قبل أن يلاحظ السيارة التي تراقبه، فارتسمت على شفتيه ابتسامة خفيفة قبل أن يركب سيارته ويقود عائدًا إلى بيته، وبعد أن وصل إلى بيته سمع نغمة غريبة تنبعث من جيبه وهي ليست بنغمة هاتفه، فأخرج من جيبه هاتف صغير الحجم وقام بفتح الخط دون أن يتحدث، فجاءه الصوت من الطرف الآخر '' هل وصلت إلى بيتك؟ ''

فقال يوسف ''أنت الشاب الذي اصطدم بي .. إنها مجازفة كبيرة يا فتى أن تفعل ذلك مع رجل مباحث ''

فقال الآخر '' لست من فعلها بشخصي ولكنني احتجت مساعدة من محترف .. تعلم أنك تحت المراقبة طوال الوقت .. ولم أستطع حتى المجازفة بالإتصال على هاتفك الشخصي .. فبعثت إليك بهاتف جئت به معي من الخارج .. لا يمكن التجسس عليه ''

فقال يوسف بشيء من الحزم '' من أنت وماذا تريد؟ ''

فقال الآخر '' آسف أنني لم أقم بالتعريف بنفسي .. أنا أحمد حسين نظمي ''

فقال يوسف في دهشة '' ابن حسين نظمي؟! ''''

قال أحمد '' إستمع إلي فليس لدينا الكثير من الوقت .. يجب أن تعلم بأن المنظمة التي قامت بقتل والدي هي أكبر مما تتخيل وهي متشعبة فأنا أيضاً تحت المراقبة .. إنهم ينتظرون أن يكون لدي شيء فيقومون بقتلي .. طوال الأشهر الماضية وأنا أحاول ترتيب التواصل معك دون أن يدركوا ذلك ''''

فقال يوسف '' وما الذي علي أن أفعله بتواصلك معي؟''

فقال أحمد '' إن كنت لا تزال سببًا للقلق كما رأيت من مراقبتهم لك فقد تستفيد من البيانات القليلة التي استطاع أبي أن يصل إليها ويقوم بإرسالها إلي قبل قتله .. وقد قمت بوضعها بخزانة أمانات سأرسل لك العنوان والرقم السري .. ولكن حان الوقت لكي تهرب من مراقبتهم إياك .. لقد غامرت كثيرًا بتأمين هذه البيانات .. لا تدعها تسقط في أيديهم دون أن تحفظها جيداً ولا تثق بأحد ''''

فقال يوسف متسائلاً '' هل هذه البيانات كافية لإسقاطهم؟ ''

فصمت أحمد قليلاً قبل أن يقول '' ستضعك على بداية الطريق .. على الأقل ستعرف لماذا لم يقتلوك؟ ''''

ثم أغلق المكالمة تاركاً يوسف وقد جُذب انتباهه بشدة واشتعل الفضول بداخله قبل ان يستقبل رسالة نصية بموقع الخزانة ورقمها السري .. مذيلة بجملة '' قم بحفظ الرسالة في عقلك ثم قم بحذفها .. لا تجازف ''''

وبينما غرق عقل يوسف في التفكير، نبهه صوت نغمات هاتفه الشخصي قبل أن يجيب فيأتيه صوت أحد زملاءه قائلاً '' لدينا قضية سيادة النقيب ''''

****

انحنى يوسف فوق جثة الراهب ليلقي نظرة فاحصة بينما وقف بجواره أحد رجال الشرطة يقول:

" طبقا لأقوال الجميع هنا فقد كان الرجل يعاني من الضغط النفسي كونه راهب الإعتراف الخاص بأحد الرهبان المتهمين في قضية قتل الأنبا، وقد كان مطلوبا للشهادة، على ما يبدو أنه لم يحتمل الأمر وقد فضل إنهاء حياته بنفسه، هذا الكأس في الحافظة كان ملقى بجواره وقد قام أحد رجال الأدلة الجنائية بإجراء اختبار سريع عليه فوجد أنه يحتوي على مادة السيانيد السامة ... تبدو كقضية محلولة ولكن الأوامر تنص على تدخل المباحث في مثل هذه القضايا ""

فصمت يوسف للحظات قبل أن يقول " من المبكر الحكم على القضية من ظاهرها .. هل توجد كاميرات مراقبة في المكان ؟"

فأومأ الضابط بالنفي وهو يقول " لا .. ولا حول المكان .. هم يؤمنون بالخصوصية الشديدة هنا ""

فقال يوسف " حسناً .. شكراً لك ""

ابتعد الضابط بينما اقترب راشد ضابط الأدلة وهو يقول " مرحباً أيها الرياضي .. لقد أصبحت تنمو عضلاتك في كل مرة نلتقي بها "

فقال يوسف متهكماً "" كما تنمو مشاكلي .. هل يوجد ما يثير الريبة؟""

فنظر راشد حوله ليتأكد من عدم وجود شخص بالقرب قبل أن يهمس ليوسف قائلاً " إسمع .. أنا لا أريد أن أصبح عرضة للسخرية من البعض لكن سأخبرك بوجهة نظري الخاصة .. رجل الدين الذي قضى حياته في الخدمة المقدسة مثل الجندي الذي قضى حياته في خدمة الوطن .. في رأيي الخاص أنه إذا أقبل على الإنتحار فإنها يقبل عليه بكامل هيئته .. سيرتدي زيه الرسمي وربما ينتحر وهو يصلي .. هذا رأيي الشخصي من واقع خبرتي العملية ""

فقال يوسف " هذا مجرد احتمال يحتاج إلى دليل ولو صغير "

فابتسم راشد قائلاً '' ربما يوجد دليل صغير يحتاج إلى مزيد من الفحص ''''

ثم نظر تجاه الجثة .. فانحنى يوسف فوقها وقد ثبتت عيناه على نقطة معينة وهو يردد في نفسه '' تباً .. هذا صحيح ''

قالت مريم وهي تعدل نظارتها بعد فحصها للجثة ‘‘’’ هذا صحيح .. توجد أثر ضغط شديد على العنق من الخلف مع كدمة خفيفة على الصدر .. لقد تم إجباره على شرب السم ‘‘’’

فقال يوسف وهو يمط شفتيه ‘‘ من الصعب توجيه أصابع الإتهام لكل من بالدير ولا يوجد دليل قاطع .. وخاصة لما كان يمر به الضحية قبل مقتله .. فالبديل الوحيد لفكرة الإنتحار هو أن أحدهم كان يود أن يمنعه من الإدلاء بشهادته في قضية مقتل الأنبا ‘‘

فقالت مريم ‘‘’’ وقضية مقتل الأنبا لم ترهق أحداً في البحث والتحقيق .. اتفق راهبان على التخلص من الأنبا لخلافات شخصية .. أحدهم قتله والثاني كان يراقب الطريق .. ثم اعترف كلاهما بالجريمة وانتهى الأمر .. ولكن يبدو لسبب ما قد تقدم محامي الدفاع بطلب الراهب صمويل للشهادة باعتباره كاهن الإعتراف الخاص بأحد الجانيين .. ‘‘

فقال يوسف ‘‘ يبدو أن ما كان لديه كان سيقلب موازين القضية .. رغم أن المتهمين لا يريد أحداهما أن يقوم بتغيير روايته .. وهذا يجعل الأمر معقداً ‘‘’’

فقالت مريم في تسائل ‘‘ وماذا علينا أن نفعل؟ ‘‘

فتنهد يوسف وقال ‘‘ علينا أن نبذل جهدنا لكشف الحقائق فقط ‘‘’’

فتسائلت مريم ‘‘ هل ترى شيئًا ما في هذا الأمر يمكنه المساعدة؟ ‘‘

فقال يوسف ‘‘’’ في الغالب لم تتم الجريمة من الداخل .. فالقادرون على فعلها لهم حجج قوية أما عن غيرهم فهم من الوهن كي يستطيعون فعلها .. وبما أنه لا توجد كاميرات مراقبة فأظنني سأحتاج لبعض المساعدة الخارجية ‘‘’’

فقالت مريم " عليك فقط أن تكون حذراً .. هل لاتزال تحت المراقبة؟"""

فابتسم يوسف قائلاً " لا تزال الضباع تحوم من بعيد ولكن حدثت مفاجأة ليلة أمس """

فتسائلت مريم عم حدث، فأخبرها يوسف بأمر(أحمد نظمي) وبالحديث الذي دار بينهما .. فقالت متعجبة " هذا أمر عجيب فعلاً .. هل تعتقد أن استمرارهم في مراقبتك لأنهم يخشون أن تصل إلى شيء ما مثل هذا ؟ """

فقال يوسف " ربما .. ولكن ما أنا على يقين منه أنهم كانوا يستطيعون التخلص مني .. ولكن هناك أمر يمنعهم من ذلك """

فقالت مريم في قلق "عليك أن تكون أكثر حذراً """

فابتسم يوسف قائلاً " هذا ما أفعله .. لقد استعنت بشريف في إبقاء بيتي و متعلقاتي خالية من وسائل التجسس .. فقد توقعت أنهم قد يفعلون ذلك .. كان الأمر في البداية كحمل ثقيل على النفس .. هذا الشعور أنك مراقب طوال الوقت .. ولكنني اعتدت الأمر .. أصبحت أكثر هدوءاً و أعمل تدريجياً على إتخاذ خطوة حيال هذا الأمر برمته"

فتسائلت مريم "" وماذا علينا أن نفعل الآن؟ "

فشرد يوسف للحظات قبل أن يقول """ لدي شعور غريب أن قضية الراهب لها علاقة بهم .. """

ثم أخرج من جيبه ورقة صغيرة و وضعها في يدها و هو يستطرد """هذه بيانات الوصول إلى المعلومات التي أخبرني عنها أحمد نظمي .. سيكون عليك مساعدتي في ذلك وسنلتقي مساءا في المطعم المعتاد لنتناول طعام العشاء "

فابتسمت مريم وهي تقول " هل هذه هي طريقتك المفضلة لكي تدعوني إلى العشاء ؟ "

ربت يوسف على يديها مبتسما وهو يقول " لا يوجد طريقة أكثر إثارة من هذه """

قالها وهو يغادر المكان قبل أن تستوقفه متسائلة """ ماذا عن قضية الراهب ؟ ماذا ستفعل ؟ """

فالتفت إليها وعلى وجهه ابتسامة خفيفة و هو يقول " شخص واحد قد يستطيع مساعدتي في هذا الأمر """ قالها ثم غادر المكان .

******

""" هل أنت متأكد أنك فعلت؟ "

قالها شريف في قلق فقال يوسف مطمئنا إياه قائلاً " بالطبع قمت بتضليلهم والتملص من مراقبتهم قبل أن أجيء إليك .. لستُ مبتدئاً كي تسألني هذا السؤال "

فقال شريف وهو يحاول أن يهدأ " لم أقصد هذا .. ولكنك تعلم جيداً أنهم إذا علموا بمكاني سينتهي أمري و ينتهي دعمك الوحيد """

فقال يوسف " على أي حال علينا أن ننشيء مكاناً آمناً بديلاً عن هذا"""

فقال شريف وهو يقوم بالتركيز في شاشاته ويعمل على عدة لوحات للكتابة " فكرة جيدة .. دعني أهتم بهذا الأمر "

فساد الصمت للحظات قبل أن يقوم يوسف بالسؤال " ماذا نفعل الآن؟"""

فالتفت إليه شريف صائحًا " صاح!! ألا تستطيع الانتظار حتى أنتهي؟"""

فرفع يوسف يديه معتذراً فتنهد شريف قائلاً " حسناً .. لقد قمت بالولوج إلى جميع كاميرات المراقبة في الأرجاء المحيطة بمنطقة الدير .. ورغم أنها نوعًا ما بعيدة .. ولكن على الأقل قد يظهر شيء ما بناءً على اعتقادك الخاص بأن الجريمة قام بها طرف خارجي """

فتسائل يوسف """ وما هي أبعاد البحث الذي نقوم به ؟ """

فقال شريف " عدة أميال توجد بعض كاميرات المراقبة في محلات ومحطات وقود وقد قمت بتقليص البحث لبضع ساعات قبل الوقت التقديري للجريمة .. إن كان هناك طرف خارجي في هذا الأمر علينا أن نلاحظ هذا ... سأقوم بعرض مجموعة من تسجيلات المراقبة على الشاشة المقسمة الآن "

صمت قليلاً ثم استطرد متسائلاً " كيف حالك مع مريم ؟ "

فقال يوسف " ماذا تقصد؟ "

فردد شريف في دهشة " ماذا أقصد؟! .. الفتاة تبدو معجبة بك .. وهي تساعدك في أمرك وتعرض نفسها للخطر .. ألم تكلفها بالحصول على البيانات المزعومة ؟ "

فتنهد يوسف قليلاً وقال " أحاول ألا أعرضها للخطر .. لذلك طلبت منك وضع برنامج لتحديد المواقع على هاتفها تحسباً لأي شيء يحدث ... أتمنى أن أنتهي من هذا الأمر .. ولكن ما الذي ستحصل عليه من رجل طبيعة عمله هي الخطر "

فرفع شريف كتفيه وهو يقول " حسنًا .. هي تتعامل مع الجثث يومياً "

ثم ابتسم ضاحكاً فضحك يوسف قبل أن يصمت شريف فجأة وهو ينظر إلى الشاشة المقسمة ويقول " ما هذا ؟! "

فقال يوسف متسائلا و هو يقترب من الشاشات " ماذا هناك؟ "

فقال شريف " انظر إلى هذا الرجل .. أليس هذا رداء شماس إنجيلي مع قبعة فيدورا؟! هل لدينا مثل هذا في دولتنا ؟ "

فقال يوسف وهو يشاهد الشماس الذي بدا على إحدى الشاشات وهو يفحص سيارته " لا، لا أعلم .. لم أر مثل هذا الزي في الأنحاء .. ربما كان سائحاً "

فقال شريف وهو يعمل على لوحة المفاتيح الخاصة به " يبدو أنه رجلنا .. كل تحركاته الظاهرة على الكاميرات في اتجاه الدير ولكن

وجهه ليس ظاهراً .. سأحاول الحصول عليه بطريقة ما كما سأبحث عن بيانات عنه في رحلات السفر .. من المؤكد أنه سافر إلى هنا بطريقة ما""""

فقال يوسف """ حسناً .. إذا تمكنا من ربطه بالأمر سيكون لدي شيء أرفعه إلى رؤسائي """

فنظر إليه شريف قائلاً " و ماذا سأنال من هذا الأمر؟"""

فابتسم يوسف قائلاً """ لقد وجدت مكانا جيداً بمساحة أكبر وأكثر أمانا تستطيع أن تجعله مركزاً لعملياتك الخاصة """

فابتسم شريف وهو يتابع عمله فاستطرد يوسف قائلاً " تواصل معي إذا توصلت لشيء ما .. أما أنا فسأعود إلى العمل للإنتهاء من بعض المعاملات قبل لقائي مع مريم "

4

في أحد الفنادق الرخيصة جلس الشماس في غرفته المتواضعة وهو يعبث بمحتويات حقيبته، ويستعيد ذكرياته وكيف كان يتعرض للضرب وهو طفل صغير من بقية الأطفال بدار أيتام ملحقة بإحدى الكنائس بالغرب الأمريكي .. كيف وجده أحد الأساقفة الغرباء وظل يربت على كتفه وهو يقول ‏‏''‏ رغم أنك بجسد نحيف إلا أنك قوي التحمل .. لا تبكي مع كل هذا التورم بجسدك الذي تعرض للضرب .. هذه العينان الهادئتان تنم عن روح قوية .. تحتاج فقط إلى الإرشاد يا بني .. وسأخرجك من هنا إلى مكان سيعتني بمستقبلك ..'' تذكر وهو يتمرن على الفنون القتالية في صباه في مكان خاص يسمى ‏''‏ المعبد ‏''‏ مع مجموعة صغيرة من الفتيان، وكيف كان يتغلب عليهم و كيف كان يراقبه الأسقف في إعجاب وهو يقول له ‏''‏ستخدم الرب حق الخدمة بخدمة خلفاءه الذين يديرون العالم كما ينبغي .. يوما ما سنصبح جيشاً .. وسيعود فرسان المعبد من جديد''. انتشل من أحد جيوب الحقيبة قصة مصورة كان عليها رسمة لشخصية تخيلية تشبهه في طريقته وزيه بعدما ظهرت في بعض الأماكن إشاعات خفيفة عن الشماس القاتل، فاستوحى أحدهم منه شخصية ‏''‏جون بيلجريم'' للقصص المصورة، فارتسمت على شفتيه ابتسامة خفيفة .

****

‏''‏ أثر اعتداء ؟! ‏''‏

قالها العميد سعيد في مكتبه وهو يوجه حديثه إلى يوسف الذي قال ‏''‏نعم .. لقد كانت هناك بعض العلامات على الجثة تدل أن الأمر مدبر .. لم ينتحر الراهب ‏''‏

فتسائل العميد ‏''‏ ألا توجد أدلة تكشف عن هوية الجاني ؟ ‏''‏

فقال يوسف '' نحن نعمل على ذلك '''''

فقال العميد '' لم يردني شيء يفيد بأن فريق البحث يعمل على شيء .. هل تتحرى عن الأمر بمفردك ؟''

فقال يوسف ''''' أبحث فقط عن شيء أقدمه لفريق البحث .. يكون الأمر فعالا عندما أتعامل مع الأمر بمفردي '''''

فابتسم العميد سعيد قائلاً '' أتسائل كيف سيكون فعالاً عندما يعود الرائد هيثم إلى مهام عمله، فإنه سيكون شريكك في القضايا ''

فابتسم يوسف قائلاً ''''' سنعمل على الأمر معاً ''

فصمت العميد سعيد قليلاً قبل أن يقول '' وهل تحرياتك الخاصة قد أسفرت عن أي شيء بعد ولو مجرد فكرة ؟ ''

فتنهد يوسف قبل أن يقول '' أعتقد أن علينا إعادة استجواب المتهم بقتل الأنبا .. فالراهب المقتول كان كاهن الإعتراف الخاص به ولو ثبت قتله فقد مات لما يعرفه من أسرار حول مقتل الأنبا ''

فقال سعيد مندهشاً '' ولكن القاتل قدم إعترافه بالفعل .. وحقيقة أن محاميه قد تقدم بطلب شهادة كاهن الإعتراف فقد علل هذا بأن كان لديه شكوك بسبب تصرف موكله .. وبما أن الحكم قد صدر بالإعدام بالفعل فقد كان يطمع أن يجد في شهادة كاهن الإعتراف ما قد يستخدمه كمبرر لتخفيف العقوبة عن موكله .. وبما أن كاهن الإعتراف محظور عليه إفشاء سر المعترف إليه فالطريقة الوحيدة كانت بجلبه للشهادة بمذكرة رسمية .. ولكن لو ما تقوله صحيحا وأن الكاهن تم اغتياله لمنعه من الشهادة .. فقد تسبب المحامي بكارثة عن جهل '''''

فقال يوسف '' لم يكن من الطبيعي أن ينتحر راهب من أجل مجرد إعتراف لرجل يوشك على الموت ... يبدو أن الأمر خلفه قوى ضخمة''

فنظر إليه سعيد قليلاً وقال '' عليك أن تلتزم بالحقائق والأدلة ..
سنقوم بالأمر بالطريقة الصحيحة .. لن نعود لنظرية القوى الخفية
.. قم بالتركيز على القبض على الجاني إن استطعت .. وكن حريصاً
على أن يكون هناك دليل على ما جناه ''''
فأومأ يوسف بوجهه قائلا '''' حسناً .. سأفعل ذلك بكل تأكيد ''
ثم نهض تاركاً سعيد الذي مط شفتيه وهو يقول لنفسه '' أراهن على
أنك لن تفعل هذا ''''

******

'''' هذا ما وجدته ''
قالتها مريم بعدما جلست إلى طاولة أحد المطاعم التي كان ينتظر
عندها يوسف واستطردت '' ظرف صغير يبدو أن به شريحة
إلكترونية .. ''
قال يوسف وهو يلتقط الظرف '' لقد تأخرتِ ''
قالت مريم '' كان العثور على الخزانة أمر مرهق .. هل تعتقد أنهم
يرقابوننا الآن ؟''
فابتسم يوسف وهو يفتح الظرف ويخرج منه شريحة إلكترونية ''نعم
ولكن لا تقلقي فهم يراقبونني فقط .. بدأت أصبح متمرساً في الإفلات
منهم كلما أردت ذلك ''
أخرج من جيبه قاريء للشريحة مهيأ للتوصيل على هاتفه وقد وضع
به الشريحة وقام بتوصيلها على هاتفه وبعد لحظات قال '' كما توقعت
.. هي مشفرة ''
فقالت مريم متسائلة '' وماذا ستفعل ؟ ''
قال يوسف مبتسماً '' لقد أهداني شريف تطبيقاً من صنعه سيقوم
بنسخ الشريحة وإرسالها إليه .. سيقوم على تفكيك شيفرتها ثم
يتواصل معي ''
فابتسمت مريم قائلة '' هذا أمر جيد ''

قال يوسف " يحاول أن يقلل عدد زياراتي له لدواعي أمنية ..
سنقوم بطلب الطعام ريثما يقوم بتفكيك الشيفرة "
رن هاتفه فنظر إليه وقد بدت عليه الدهشة وهو يقول " كان الأمر
سريعاً "
ثم فتح المكالمة وقال " ما هذه السرعة ؟"
فجاءه صوت شريف يقول " شيفرة من صنع حسين نظمي لن تمثل
تحديا بالنسبة لي "
فتسائل يوسف "" وماذا وجدت ؟ "
فقال شريف " حسناً .. بعد بيانات عن شحنات لموقع ما ووثائق
شحن من هذا الموقع للمرافيء التجارية تمهيداً لتصديرها بحراً ""
فقال يوسف متسائلاً " ما نوع الشحنات ؟ "
فقال شريف وهو يعمل على لوحة مفاتيحه " المذكور مواد غذائية
.. لكن هناك شيء غريب "
فتسائل يوسف " وما هو ؟ "
فقال شريف " المفترض أن الموقع المذكور يستقبل شحنات المواد
الغذائية كمركز تجميع تمهيدا لشحنها إلى الخارج .. و الآن أنا أبحث
عن كل ما له صلة بهذا الموقع .. ليس به مبردات عالية التبريد "
فابتسم يوسف قائلاً"" فكيف سيحفظ المواد الغذائية تمهيدا
لشحنها!"
فقال شريف " بالضبط .. أعتقد أن ثمة أمر مريب هاك أراد حسين
أن يشير إليه .. ربما الأمر متعلق بتهريب الآثار .. إذا كان الأمر كذلك
فقد قمت بحل لغز الجريمة و أستحق ترقية "
فضحك يوسف قائلاً " من المبكر الحديث عن ذلك .. هل هناك شيء
آخر؟ "

فقال شريف ''' نعم مقطع فيديو .. يبدو أنه مسجل في بيت حسين نظمي من كاميرا الهاتف .. سأرسله لك .. وسأحاول إكتشاف المزيد عن الموقع ''

فقال يوسف '' حسناً ... شكراً لك ''

وأنهى المكالمة ثم أخبر مريم عن أمر الموقع فقالت '' هذا الأمر يثير الخوف .. أليس من الأفضل إبلاغ الإدارة عن هذا الأمر ؟ '''

فمط يوسف شفتيه ''' يجب أن يكون هناك دافع للتحرك .. فعلي أن أحصل على شيء أقدمه .. منذ ما حدث في منطقة الأهرامات ثم سفر عدنان زاهد إلى الخارج لم يكن بيدي أي دليل وخصوصاً بعدما حصلوا على الهرم المفتاح .. فكان لزاماً عليّ أن أصمت .. و لن يقبل مني رؤسائي مجرد التحري .. فلابد أن أقدم لهم ما يدفعهم للتحري ''

فقالت مريم '' وماذا فعلت بخصوص قضية الراهب ؟ '''

فقال يوسف ''' يبدو أن لدينا قاتل بالفعل .. شريف يحاول تتبع مساره ليصل إليه .. لنحصل على شيء ضده ''

ثم أخبرها عما دار بينه وبين شريف بخصوص الشماس فقالت ''هذا عجيب ''

فسألها ''' ولمَ العجب ؟ ''

فقالت مريم '' يبدو كشخص محترف للغاية .. لم يترك بصمة واحدة أو دليل .. ولكنه ترك أثراً على الجثة .. كان من الممكن أن تتم الجريمة بإحترافية أكثر من هذا ''

فقال يوسف متشككاً '' ربما كانت هفوة منه '''

فأومأت مريم برأسها نفياً وهي تقول '' لا تحدث هه الهفوة من غير المحترفين حتى .. لدي إحساس قوي بأنه تعمد ترك أثر يثير الإنتباه'''

فقال يوسف '' ولكن فريق البحث لم يتوصل إلى شيء ''

فقالت مريم " ربما لم يكن يقصد إثارة انتباه فريق البحث .. بل انتباه شخص يعرف أنه لن يترك الأمر يمر هكذا "

فصمت يوسف قليلاً وقد عقد حاجبيه مفكراً في كلمات مريم وهو يسأل نفسه إذا كان هو المعني بهذا الأمر .. رغم أنه لا يجد سبباً واضحاً .. فقاطع تفكيره صوت رسالة أحد التطبيقات فالتقط هاتفه ونظر فيه قائلاً " لقد استقبلت مقطع الفيديو .. يبدو أن حسين كان يقوم بتسجيل لقاء له هو عدنان فعلاً """

فقالت مريم """ لنشاهده ربما كان به ما يفيد "

فقام يوسف بتشغيل المقطع .. وقد عقد حاجبيه تأثراً بما يسمع .

******

""" أنت لا تعي ما تقول """

قالها عدنان زاهد مخاطبًا حسين واستطرد " أنت تريد مواجهة قوة لا تستطيع التصدي لها "

فقال حسين " لقد خدعتني منذ البداية يا عدنان .. لقد أوهمتني أنهم حفنة من المستثمرين المهتمين بتمويل أنظمة البحث في كل المجالات ومنها مجال البحث الأثري .. ولكن ما رأيته هو أنها منظمة ظاهرها يخفي باطنها .. إنهم يمتصون كل خيرات هذه الأرض لمصالحهم الشخصية .. كيف تورطت أنت معهم وكيف قمت بتوريطي؟"

فقال عدنان " نحن نقوم بما هو يصلح لهذه الأرض .. نقوم بما يناسبها .. إن أكثر الناس هنا لا تهتم إلا لمصلحتها الشخصية .. أكثرهم جاهلون وجائعون لا يهتمون إلا بإشباع رغباتهم .. ليسوا مؤهلين لكل هذا بعد .. نحن نحافظ على العلوم المخفية في هذه الأرض من الضياع "

فصاح حسين " لا تقلل من عقلي يا عدنان .. أنت تعرف أنني أكثر ذكاءا من ها الهراء .. ما يعانيه الناس لا يقلل من شأنهم ..ولا يجعلكم

تستبيحون دماءهم وثرواتهم .. هل تريد أن تقنعني بأنهم جهلاء وأنتم تقتلون العلماء؟ ”

فعقد عدنان حاجبيه و صاح ” ماذا تقول؟ ”“”

فقال حسين ” لا تنكر الأمر .. لقد توصلت لكثير من المعلومات ومن ضمنها منظومة الإغتيالات التي تقوم بها المنظمة .. حتى أنكم ساعدتم في إسقاط طائرة مصرية على السواحل الأمريكية كانت تقل مجموعة من العلماء ومجموعة من أمهر مقاتلي السلاح الجوي .. ضربة واحدة وصيد ثمين .. أليس هذا بصحيح ؟ وأراهن أن لكم علاقة بكل عالم عربي تم اغتياله ”“”

فصاح عدنان ”“” ما الذي تقوله ؟.. كيف عرفت هذه الأمور الكاذبة؟ .. ما دليلك ؟ ”

فقال حسين ”“” ربما ليس لدي معلومة موثقة ولكني سأعمل على إثبات أي شيء في مجالاتكم المختلفة ”

فقال عدنان ” صديقي .. لا تعرض نفسك للخطر .. وعليك أن تسلمني الهرم المفتاح .. لقد هرمنا على مثل هذه الأمور .. ولديك ابن تريد أن يكون في مأمن ”

فعقد حسين حاجبيه و قال ” هل تهددني بولدي؟”

فقال عدنان ” لا .. ولكنني أنصحك .. تعلم أنني لست من يجب أن تخشاه .. تعلم أن العميد يدير معظم الأمور هنا .. وقد قابلت الرجل وتعلم مدى جديته .. سأمهلك فرصة لتعد إلى رشدك .. تقوم بتسليم ما لديك وتغلق الباب على هذه التفاهات التي تتلفظ بها .. وأعلم أنني من أمنع أذاهم عنك ”“”

ثم توجه عدنان إلى الباب وهو يقول ” سأتركك الآن تفكر فيما قلت .. وقم بالاختيار الصحيح لصالحك و لصالح ولدك ”

ثم غادر عدنان و توجه حسين إلى كاميرا الهاتف المخفي وأغلقها.

****

ساد الصمت بين مريم ويوسف بعد إنتهاء المقطع قبل أن تقطعه مريم قائلة " هذا الفيديو قد يدين عدنان في مقتل حسين .. على الأقل لمعرفته بالفاعل .. أليس كذلك ؟ "

لم يرد يوسف وقد غرق في شروده فنادته مريم قبل أن ينتبه ويقول " ربما يعود عدنان من الخارج أو لا يعود أبداً .. سننتظر ونرى بشأنه... "

فسألته مريم مستفسرة " ما الذي تفكر به هكذا؟ هل في المقطع شيء لم أفهمه؟ "

فصمت قليلاً قبل أن يقول "الطائرة المنكوبة التي ذكرها حسين .. لقد كان والدي على متنها "

فأصابتها الدهشة وهي تقول " على متنها! .. لم تخبرني بهذا الأمر من قبل "

فتنهد وقال " حدث الأمر منذ زمن ولم تأتيني الفرصة للحديث عن الأمر "

فقالت متسائلة " هل للأمر علاقة بهويتك كما قال أحمد نظمي؟ "

فقال متردداً " بعد فقدان والدي بفترة أسرت والدتي إلي بسر .. وهو أن والدي كان يعمل لدى جهاز المخابرات .. وكان في مهمة لا تعرف عنها شيء ... كان عمله المعروف أنه يعمل في إحدى الشركات العلمية .. وحديثها إلي ربما كانت تريد أن تجعلني فخوار به أو شعرت بعبء سر عمله .. ولم نتحدث عن هذا الأمر بعد ذلك "

فقالت مريم " وما الذي قد تغيره هذه المعلومة في ما يحدث الآن؟! وهل هذا سبب في الإحجام عن قتلك إذا قاموا بالفعل بإسقاط الطائرة التي كان على متنها ؟ "

فقال يوسف متقلباً في شروده " لا .. يوجد سبب آخر أجهله .. لكنه قد يكون متعلقاً بهذا الأمر "

قاطعهما رنين هاتف يوسف قبل أن يجيئه صوت شريف وهو يقول ''لقد قمت باختراق كاميرات الموقع المنشود وكذلك الخادم الذي يحفظ تسجيلات الكاميرات .. ليس بالأمر السهل لكن تصادف أنني شاركت في تصنيعه .. لا توجد كاميرات كثيرة وتوجد منطقة كاملة عمياء على ما أعتقد عند مدخل أحد المخازن .. ومعظم تسجيلات المراقبة تم حذفها ولكن هناك مقطع صغير يعود لفترة قبل القبض على الراهب قاتل الأنبا .. وقد ظهر وهو يترجل من شاحنة ويتحدث مع أحد مسئولي المكان قبل أن يقودوا الشاحنة إلى المنطقة العمياء''''

فقال يوسف '' جيد جداً .. سيكون دافعاً للتحرك تجاه المكان ''
فقال شريف '' عليك أن تكون حذراً .. فالموقع يقع ضمن ملكية أحد شركات (سالم فخري) رجل الأعمال ''''
فابتسم يوسف وهو يقول '' دع هذا الأمر لي وقم بإرسال جميع البيانات لي ومن ضمنها المقطع .. وحاول أن تصل لموقع الشماس..''''
قالها وأنهى المكالمة وهو ينهض قائلاً '' علي أن أذهب الآن .. لدي مهمة خذي حذرك''
فقالت مريم '''' بل أنت خذ حذرك ''''
فابتسم لها قبل أن يغادر .. بينما امتلئت هي بالقلق و الخوف .

5

احتشدت قوات الأمن حول الموقع وكان يوسف في مقدمتهم وهم يحيطون بالموقع .. قبل أن يصيح يوسف ـ وهو يقتحم البوابة الأمامية مرافقاً مجموعة من ضباط الأمن ـ آمراً العاملين بالمكان بالتوقف عن فعل أي شيء وتسليم أنفسهم .. فخرج المسئول عن المكان وهو يصيح متسائلاً '' ما هذا؟ ما الذي يحدث؟''

فقال يوسف ''' لدينا أمر بتفتيش الموقع '''

قالها وهو يشير لرجاله بالإنتشار وتفتيش المكان فقال المسئول ''لماذا؟ ما الذي حدث؟ '''

فاقترب يوسف منه والتقط من جيبه هاتفه وهو يقوم بتشغيل المقطع الذي يظهر المسئول مع قاتل الأنبا وهو يقول '' من أين تعرف هذا الرجل؟ '''

فارتبك المسئول وقال '' لا أعرفه سوى أنه أحد موردي الفواكه وزيت الزيتون .. لديهم مزرعة ضخمة تابعة للدير ''

فابتسم يوسف وهو يقول '' لماذا أنت مرتبك؟ ''

فقال '' الرجل محكوم عليه بالإعدام في قضية ما .. ليست لنا بها صلة إن كنت تشك في هذا .. ''

فابتسم يوسف وهو يقول '' سنرى بهذا الشأن ''

ثم أمر بعض أفراد الأمن بحراسة الرجل ريثما ينتهي التفتيش .. قبل أن يصيح أحد الرجال في جهاز اللاسلكي '' لقد وجدنا شيئاً ما ''

فتوجه يوسف اتجاه أحد المخازن التي قاموا بتفتيشها فوجدوا إحدى الحاويات بداخل المخزن بها الكثير من ملابس ومتعلقات الأطفال وأثار للطعام والفضلات .. فأمرهم بإحضار المسئول قبل أن يسأله قائلاً '' ما هذا؟ ''

فارتبك المسئول قائلاً """ لا شيء .. بعض العمال كانوا يحضرون أطفالهم فقط "
فأومأ يوسف وهو يرمقه بنظرات تخترق عقله وقال " يبدو الأمر لي أنكم تتاجرون بالأطفال .. """
فصمت الرجل وقد بدا عليه الإرتياع بينما صاح يوسف قائلاً " ألقوا القبض على الجميع وقوموا بتحريز كل المتعلقات الموجودة """
ثم مال على المسئول قائلاً " ستخبرني ما تعرفه وإلا سألقي بك في الجحيم "
وقد بدا على الرجل أنه على وشك الإنهيار ..

******

" ماذا؟ كيف حدث هذا الأمر؟ """
صاح سالم وهو يتحدث في الهاتف في مكتبه إلى أحد رجاله واستطرد " كيف تعاملوا بهذا الغباء؟ .. لقد أمرت قبل ذلك أن يتخلصوا من كل أثر بعد كل عملية ...... لا يوجد ما يسمى بالشعور الآمن .. اللعنة .. علينا أن نتصرف سريعاً " ثم أنهى المكالمة وقام بالإتصال بالعميد وقال:
" لا أعلم كيف حدث هذا الأمر بشكل مفاجيء .. لم تردنا أي معلومة بحدوث هجوم ... بالتأكيد هذا ما سوف أفعله .. حسناً """
فُتح باب المكتب فجأة ودخل عبره يوسف وتتبعه سكرتيره المكتب تهرول وتقول " يا سيدي لا تستطيع الدخول هكذا "
فقال يوسف مبتسماً وهو ينظر في وجه سالم " أعتقد أن السيد سالم يعرف من أنا "
فنهض سالم وهو يحاول أن يبدو هادئاً " ليس مبررًا لإقتحامك المكان هكذا سيادة النقيب ... اتركينا وحدنا الآن "
فخرجت السكرتيرة وأغلقت الباب قبل أن يقول سالم " تفضل بالجلوس "

فقال يوسف '' بالتأكيد تعلم أنه تم القبض على رجالك بأحد المواقع التابعة لك .. المسئول اعترف بأن الموقع متورط في عمليات الإتجار بالأطفال الذين يتم خطفهم من أنحاء الدولة وشحنهم إلى الخارج في حاويات '''''

اصطنع سالم دهشته وهو يقول '' ماذا؟ هل أنت متأكد مما تقول؟'''''

فابتسم يوسف قائلاً ''''' هل تدّعي أنك لست على علم بما كان يحدث؟''

فصاح سالم '' بالتأكيد لست على علم .. ما هذا الهراء؟ .. أنا رجل أعمال معروف .. كيف أورط نفسي في هذه القذارة؟ ''

فقال يوسف ''''' المسئول اعترف بأن الأمور قد تمت بعلمك ''

فقاطعه سالم '' أنا أعترف أن الموقع تابع لإحدى شركاتي .. لكن يا سيادة النقيب .. هل أنا رقيب على كل ما أملك؟ .. بالتأكيد تم الأمر دون علمي .. بل من المؤكد أن ذلك الشخص يحاول التهرب من ذنبه بإلصاق التهمة بشخص أكبر منه طمعاً في أن أهتم لأمره .. ولكن كلماته بلا دليل ''

فأومأ يوسف برأسه قائلاً '' نعم لديك حق .. ولكنني مضطر لفتح تحقيق رسمي معك ... فسترافقني لإستكمال التحقيق ''

فقال سالم وهو يعدل من ملابسه '' نعم نعم بكل تأكيد ... سيسرني تقديم المساعدة '''''

ثم غادر يوسف مصطحباً سالم إلى مديرية الأمن .

******

'' يبدو الوضع سيء ''

قالها العميد سعيد ليوسف في مكتبه قبل أن يستطرد '' لقد تلقيت للتو مكالمة سيئة .. المسئول عن الموقع وهو في طريقه من الحجز إلى

غرفة التحقيقات لإستكمال التحقيق طلب الذهاب لقضاء حاجته .. وبعد تأخره بالداخل وجدوه مقتولاً بالسم ""

فعقد يوسف حاجبيه قائلاً "" لقد فعلها سالم مستعينًا بالشماس "

فقال سعيد "" عليك أن تثبت شيئاً فيما يخص روايتك عن ذلك الشماس .. فهو يبدو كالشبح .. وما أخبرتني به عنه يبدو تخميناً فقط "

فصمت يوسف بينما استطرد سعيد قائلاً " مسئول الموقع قد قدم بيانات عن الشحنة الأخيرة واستطعنا إستصدار أمر من الجهات المسئولة بإعتراض الشحنة في البحر و إنقاذ من بها .. وقد تواصلنا مع إدارة المفقودين وبعض تحليلات الحمض النووي التي وجدناها بالموقع تطابق بعض سجلات المفقودين المبلغ عنهم .. فأستطيع أن أقول أننا قد قمنا بعمل جيد .. ""

فقال يوسف "" علينا أن نستجوب قاتل الأنبا .. إنه يعرف أموراً لا نعلمها "

فقال سعيد " لولا أن من وراءه مؤمناً أنه سيستمر في صمته حتى الموت لكان قد قتل منذ زمن ""

فقال يوسف " أعلم هذا .. و لكن يجب أن نحصل على فرصتنا معه .. وخصوصا أن سالم نجح في التملص في التحقيقات .. وقد فشلت مواجهته بالمسئول .. الآن بمقتل المسئول ستغلق هذه القضية لأن بقية العاملين لا يعرفون شيئاً ""

فقال سعيد " سنجد شيئاً ما في محتويات الموقع .. ولكن الربط بينه وبين سالم ضعيف .. هو مستمسك بروايته أنه لا يعرف شيئاً عما دار .. ولن تصمد قضيتنا ضده في أي محكمة إلا إذا وجدنا دليلاً قوياً يربطه بالأمر .. هو حتى لم يكن يظهر بنفسه في الموقع ""

قاطعهم رنين هاتف يوسف فاستأذن بالخروج قبل أن يرد على المكالمة قائلاً """ من المتحدث؟ "

فجاءه صوت هادىء عميق يقول '' أظنك تعرف؟ ''''
فشعر يوسف بانقباضة خفية وبعد لحظة من الصمت قال
''''الشماس!! .. كيف حصلت على رقمي؟''''
فقال الشماس '' أظن أن (كيف) هو السؤال الخطأ .. بينما الأصح أن
تسأل (لماذا) ''
فصمت يوسف بينما استطرد الشماس قائلاً '' أعتقد أنه يجب أن
أجذب إنتباهك أكثر من ذلك ''
فسمع يوسف صرخة صادرة عن مريم فصاح '''' ماذا تريد؟ أين
مريم؟ ''
فقال الشماس '' عليك أن تهدأ سيادة النقيب .. أنا فقط كنت أقوم
بتنبيهك لما سيجري لاحقاً .. ستأتي لتقابلني وحدك إذا أردت أن تظل
مريم على قيد الحياة .. أحضر معك دعماً وأخبر أحداً عن هذه
المكالمة وستتسلم مريم بدون روحها ''''
فصاح يوسف '' إياك أن تؤذيها .. أقسم أن .. ''''
فقاطعه الشماس قائلاً '' سأرسل لك الإحداثيات ''''
ثم أنهى المكالمة ... تاركاً يوسف وقد جرفه القلق واعتصر قلبه الألم
.. فقد أصبحت حياة مريم على حافة الموت.

6

أمام إحدي البنايات توقفت ثلاث سيارات فاخرة وقد هبط منها عدد من الحرس الشخصيين وفتح أحدهم باب إحدى السيارات ليخرج منها رجل قد بدت عليه سمات الوقار والهيبة .. وقد تقدم يرافقه حارسان فقط ليصعدا معه إلى الطابق الأخير قبل أن يجد في استقباله العميد وهو يقول '' مرحباً سيد ضرغام .. بمن أدين لهذه الزيارة الكريمة؟''

فأشار ضرغام لحارسيه بالإنتظار عند الباب وقال بعدما جلس على أحد الكراسي الوثيرة '' لقد توترت الأمور كما نما إلى علمنا .. يبدو أن هذا قد أثار انتباه البارون .. فماذا يحدث؟ ''

فقال العميد '' سالم يهتم بالأمر ''

فقال ضرغام '' سالم أصبح هدفاً .. وهو تحت مراقبة المباحث الآن''

فقال العميد '' أعلم هذا .. وقد تملص منهم اليوم ''

فقال ضرغام '' لن يتملص منهم إلى الأبد .. لقد تسبب في تعطيل أحد أهم الأنشطة التي نعمل عليها ''

فصمت العميد للحظات قبل أن يقول '' سنقوم بحل هذا الأمر ''

فقال ضرغام '' يستحسن أن تفعل .. لقد تم انتهاك قاعدة سلامة المنظمة .. وخرق هذه القاعدة يستلزم عقوبة لا يُستثنى منها أحد .. حتى أعضائها ''

قالها قبل أن ينهض من مكانه مغادراً تاركاً خلفه العميد الذي وضع رأسه بين كفيه قليلاً قبل أن يلتقط هاتفه ويقوم بإتصال هاتفي ويقول '' عليك أن تقوم بما سأخبرك به ''

******

في أحد المواقع المهجورة وقد خيم الليل على المنطقة المحيطة وصل يوسف بسيارته وكان الموقع عبارة عن بناء كبير من طابق واحد

قريب من مزرعة وبجواره بئر ضخم .. وعندما وصل يوسف تفاجأ أن مريم مقيدة بعارضة خشبية بجوار البئر وقد كانت مكممة الفم .. فتوقف بسيارته ونزل مهرولاً تجاه مريم .. فاستوقفه صوت شخص ظهر من خلف البئر برداءه المميز وهو يشهر سلاحه مصوباً إياه تجاه رأس مريم ويقول ‘‘ هذا يكفي .. توقف عندك ‘‘

فتوقف يوسف وهو يقول ‘ دعها تذهب .. فهي ليست ذات صلة بأي شيء .. كما أن لديها حصانة قضائية وهذا ليس في صالحك ‘‘

فابتسم الشماس وهو يقول ‘‘ وهل يبدو أنني أهتم؟ قم بتفتيشه وتجريده من أي سلاح ‘‘

فنظر يوسف إلى من يحدثه الشماس فوجد سالم يخرج من أحد أبواب المبنى شاهراً سلاحه فردد في تعجب ‘‘ سالم !! ‘‘

فتوجه إليه سالم ولكمه على وجهه وهو يقول ‘‘‘ أيها الأحمق .. لقد أشرت على الجميع أن نتخلص منك من زمن .. ولكنها القواعد الغبية ‘‘

قالها وهو يلقي بسلاح يوسف بعيداً ويوسف يسأله ‘‘ أي قواعد؟ ‘‘

فابتسم الشماس قائلاً ‘‘ المسكين لا يعرف .. ربما يعرف أن والده كان يعمل بجهاز المخابرات ‘‘

فقال يوسف ‘‘ نعم أعرف هذا ‘‘‘

فقال سالم ‘‘ ولكنك لا تعرف أنه كان أحد أعضاء المنظمة ‘‘

فصاح يوسف ‘‘ أنت كاذب .. كاذب ومدلس ‘‘

فقال الشماس ‘‘‘ هذا عيب الذين يتربون على المثالية الزائفة .. ربما كان عليهم تجنيدك منذ نعومة أظافرك .. كما فعلوا معي .. ‘‘‘

فقال سالم ‘‘ إن كان في الأمر تعزية فلا أحد قابله .. ولكنها معلومة لدينا وإلا كنا قد تخلصنا منك عند سفح الهرم .. ولكنها قواعد البارون الغبية التي تحتم علينا عدم التخلص من أعضاء المنظمة أو أحد من عائلاتهم ‘‘

فقال الشماس مستكملاً ""''' إلا إذا قام بتعريض المنظمة للخطر ''
قالها و هو يوجه سلاحه ويطلق النار ..

****

توقفت الحياة للحظات ظناً من يوسف أنه كان الهدف لسلاح الشماس
.. لكنه تفاجأ بسقوط سالم .. فنظر يوسف في دهشة إلى الشماس
فقال الشماس '' بالتأكيد لم تكن تظن أنه سيظل حياً .. وعلى العموم
ليس هذا بقراري الشخصي .. ''
فسأله يوسف ""'' لماذا؟ ''
فقال الشماس '' ومن يهتم بالإجابة؟ .. ربما لتعلم أن المنظمة جادة
بخصوص ما يهدد سلامتها ""'''
قال يوسف '' لم أقصد هذا الأمر .. ولكنك تعمدت بترك أثر على جثة
الراهب و كنت تعلم أنني سأتبعه .. ''
فابتسم الشماس قائلاً '' لقد كنت أخطط لمقابلتك بشكل أفضل من هذا
.. لكن الحمقى أفسدوا الأمر ''
فقال يوسف '' هل العميد أمرك بهذا ؟ ""'''
فقال الشماس '' إذن أنت تعرف بشأن العميد أيضاً .. هذا جيد فهذا
سبب إضافي لقتلك لأنه من اتخذ القرار بقتلك ''
فابتسم يوسف قائلاً ''أنت قتلت الراهب وقتلت مسئول الموقع وربما
في جعبتك الكثير من الجرائم ""'''
فقال الشماس ""'' وما الذي يجعلك تبتسم في هذا الأمر ؟ ''
قال يوسف '' لأنك على وشك أن تغرد كما يغرد الطير ""'''
فعقد الشماس حاجبيه و هو يرفع سلاحه تجاه يوسف ليطلق النار ..
فانطلقت رصاصة اخترقت كتفه قادمة من المجهول .. فهجم يوسف
عليه وقام بالإشتباك معه .. وقد كان يوسف متعجباً من قدرة الشماس
على تحمل ألم الرصاصة .. فما أن اقترب يوسف حتى أخرج الشماس
سكيناً من يده الأخرى وهجم على يوسف مستخدمًا الفنون القتالية

التي تعلمها .. وصارت بينهم معركة أصيب فيها يوسف بجروح طفيفة قبل أن يمتلئ المكان بجنود الأمن .

أحاط الجنود بالشماس قبل أن يقوموا بتكبيله بينما هرع يوسف تجاه مريم وفكك وثاقها وهي تبكي قائلة '' لقد كنت خائفة جداً ''

فقال يوسف وهو يربت على كتفيها '' لقد انتهى الأمر .. أنتِ آمنة الآن ''

اقترب العميد سعيد منه وهو يصيح '' لولا مكالمة من صديقك شريف ربما كنت أنت في عداد الأموات ''

فقال يوسف '' لقد رتبت الأمر معه ''

فأومأ سعيد بوجهه الحازم وهو ينظر إلى جثة سالم و الشماس الذي يقتادونه إلى سيارة الأمن وقال '' وهل هذا يحل الأمر ؟ ''

فقال يوسف '' لقد حصلت على اعتراف سالم والشماس بجرائمهم وفي مكان ما يختبيء شريف وقد قام بتصوير مقتل سالم على يد الشماس ''

فتلفت سعيد حوله قبل أن يقول '' هل هو من أصاب الشماس في كتفه؟ ''

فابتسم يوسف قائلاً '' لقد كان يتدرب طويلاً .. ولكنه لا يحب العمل كموظف ''

فنظر سعيد إلى يوسف ومريم قليلًا قبل أن يقول '' سنتحدث لاحقاً .. علينا أن نطمئن عليها الآن ''

فتبادل يوسف ومريم النظرات وهو يبتسم لها دون أن يتحدث .

****

بعد عدة أيام جلس ثلاثتهم - يوسف ومريم وشريف - في بناية شريف الجديدة التي وعده بها يوسف وقد أثراها بأجهزة جديدة ويصيح ضاحكاً '' هكذا أصبح مركز عملياتي الجديد .. مرحباً بكما أيها الصديقان ''

فضحك يوسف قائلاً '' لقد استحققتها يا صديقي .. لقد أنقذذتني من رصاصة الشماس .. رغم أنك انتظرت طويلا لتفعل حتى بدأت أقلق ''

فقال شريف '' ولكنني فعلتها ..ويسرني أنك بخير أنت ومريم العزيزة ''

فقالت مريم '' لقد كان وقتاً عصيباً .. هل تظنان أن الشماس سيتحدث؟.. ''''

فقال يوسف '' ما قمنا بتسجيله قد أدانه .. وهو مطلوب دولياً .. ولكن بخصوص ما لديه من معلومات .. فسأظل في إثره حتى يخبرني بما أريد ''

فقال شريف ''''' حسب ما عرفت أن العميد هو من تعامل مع الأمر .. نستطيع أن نبحث في كل شيء يخص سالم وعلاقاته حتى نصل إلى هوية العميد .. وبمناسبة الهوية .. أعتقد أنك قد عرفت الآن السبب وراء إحجامهم عن قتلك منذ البداية ''

فقال يوسف '' وقد اتخذ العميد القرار بقتلي منفردًا .. وأعتقد أنه كان سيلقي اللوم على سالم .. ولا أعتقد أنه سيكررها حتى نجده ''

فقالت مريم '' هذا يعني أننا الآن في أمان ونستطيع إلتقاط أنفاسنا ''

فقال يوسف '' نعم .. ونستعد أيضاً للقادم ... ولكن حالياً لقد كشفنا أمر مقتل الراهب وقضية الإتجار بالأطفال .. وبيانات بؤر اختطاف الأطفال نعمل عليها .. فنستحق الاحتفال ''

فقفز شريف عن الكرسي قائلاً '' وأنا لدي المزيد من العصائر للإحتفال سأحضرها ''

فذهب شريف ونظر يوسف إلى مريم مبتسماً ويقول '' يسرني أنك بخير .. ''

فقالت وقد توردت وجنتاها '' وأنا أيضاً .. أتمنى أن تكون بخير دائماً''

فابتسم يوسف ولكن بداخله كان القلق يعتمل عن المجهول القادم والماضي الذي يخص والده .. لا يستطيع تخيل أن والده كان له علاقة بهؤلاء .. فشعر أن عليه أن يستكمل البحث .. دون إثارة أشباح المنظمة .

اذكر اسم أكثر شخصية أعجبتك في هذا العدد، ولماذا؟ وما هي تصوراتك للأحداث التي ستتعرض لها هذه الشخصية في العدد القادم

اقترح موضوعات تحب أن تقرأها في الأعداد القادمة لسلسلة سباي البوليسية

قم بمسح هذا الكود لتراسلنا بهذه الصفحة بعد تصويرها من خلال واتس آب الدار